KB075051

새들은 창천에서 죽다

함태숙 시집

시인의 말

이런 저런 일로 몇 번 법정에 섰다.

여전히 살아 있고 조금도 훼손되지 않았지만

남아 있는 것은 죄스럽다.

나는 줄곧 어떤 상태를 지향하고

한 마디의 말, 한 줄의 시가 영혼임을 안다.

조금은 외롭고

그러나, 사랑 외에 무엇으로 나를 집중시킬까.

2017. 6

함태숙

차 례

● 시인의 말

제1부

제3부

제4부

제1부

블루스를 추고 싶다

시간이란

이제 보니 촉각 같은 것

왜 견뎌주지 못했을까

디스코를 출 만큼

청춘에 몰입하지도

블루스를 출 만큼

인생에 연민도 없던 시절

쾌속선 한 척 빠르게 지나 보낸

물과 같으리라 생각했지만

늙는다는 것은

하중을 싣는 곳만 모질어져

긴 쇳소리를 내는 철길

두 철로 사이

만져지지 못해 나의 중심은 비었다

왜 견뎌주지 못했을까

머리 위 조명을 비추기 위해

어쩔 수 없이 암전이었던

그 많은 나이트 나이트 들을

이제 보니 시간이란

오랜 키스 같은 것인데

영혼이 자신의 물질성을 이해할 때까지

조금만 더 천천히 더듬어 달라

전신을 휘감은 블루스처럼

치렁치렁 엉키며

흐느끼며

나의 모든 맛을 그대에게 주고 싶다

영업, 시간이 끝나도

우리가 한 몸으로 빙빙 돌 수 있게

어느 나이트에서건

어느 별자리에서건

새들은 창천에서 죽다

한 시간을 눈보라 속에 있었다 차들은 눈을 감고 전속력
으로 지나쳐 가고 세 시간을 나는 더 얼음 속에 있었다

몸을 녹이려 걸었다 겨울 속으로
죽은 새들이 날아다닌다
이미 죽은 줄도 모르고 흰 재를 뒤집어쓴 채 하늘의 묘지
가 한꺼번에 열렸다

지상에 머물기 위해 나는 발이 점점 얼어붙는가 지난 해 다
써버린 배터리엔 마지막 빛이
깜빡, 종료를 알린다 심장은 여전히 두근거리는데
거리는 전혀 다른 얼굴이다

얼음으로 도포한 별들의 성기 한 번 더 닿고 싶어 바람은
붉은 네온사인을 더듬고 빈병은 울음소리를 내며 언 땅을
구른다 한 시간을 정처 없다

기어이 나는 깨졌다

밤의 스커트를 내리니 파랗게 얼어붙은 새벽 새들이 일
제히 부리를 박고 죽어 있는 파편 같은 유리창 밑
　한 번 더 죽으려고 창천에 갔다

진주홍 부르카

그녀가 온다는 기미가 들자

방 안에 사람들이 모두

빠져나갔다

꿈속인데 한기가 서리고

살갗에 공기들이 충돌했다

발끝까지 긴 주홍의 부르카

이마에는 끈처럼 별들이 매달렸다

곱게 짠 레이스 너머 눈빛이 슬펐다

새들은 죽을 때 떼로 죽지

벚꽃처럼

일제히 목숨을 버리는 건

일제히 지상에 내려올 때

꽃이었고 새였고 별이었고 죽음이었으므로

그녀가 내 앞에 왔을 때

나는 이해했다

몸 바깥을 떠돌다 횃대를 찾듯

내려온 내 영혼을

벌레 먹은 당신

내가 집어 든 과육의 안쪽에는
벌레들이 구물거린다
생장을 공유하는
저 단단한 결합을
함부로 버리지 못하겠어서
눈을 질끈 감고 함께 베어 물었다

벌레의 내부는 달다, 당신처럼
당신의 내부는 쓰다, 벌레처럼

수선화의 거리

그 거리에 다시 가 봤어요 거리의 표정은 전혀 다르네요
자동차 뒷바퀴에 깔려 있던 비둘기는 무엇을 주워 먹었는
지 다시 일어나

비틀거리며 날고 있었어요
차라리 피를 묻히고 누웠더라면 구름 위를 날고 있었을
텐데 말이죠

러시아 여자는 무릎 위까지 덮는 부츠를 신고 키 작은 백
인 남자의 품에 안겨 있었어요
영하 40도의 거리에 끈적한 총구의 피는 아니지만 그들
은 어떤 뜨거움을 나누고 온 듯 이국의 도시를 장악하고 있
었어요 오래전 혁명의 밤은

멈칫거리는 달의 허리를 낚아채 가요 누군가는 새벽을
잡아타고 가고 아이들은 떼로 몰려다니며 어둠의 얼굴을
영원 속으로 구겨 넣어요 토악질하듯

거리는 다시 목구멍 밖으로 게워지죠 청춘은 이름도 얼굴도 없으니까 걸음과 눈이 한데 뒤섞여 서걱이는 밤을 누구도 몰라야 해요 꽃눈이 어느 살에서 빛을 얻을지

발바닥이 깨진지도 모르고
수선화 구근 하나가 향을 찔러 넣고 있어요
당신은 잠에 빠지고

2월의 하늘 따윈 없어도 좋아요

암술이 하나 있다 하나 결실하지 않을 거니까
괜찮아요 저는 그냥 뻗치기를 하는 중이에요 꽃잎을 애써 포개며 태양의 노랑을 훔쳐 오려는 뿐이에요

폭설의 다음

평평 쏟아지는 눈을 보고 영혼은 우다닥 옷을 껴입고
포장마차 찌그러진 탁자를 괴고 온밤 내 붉어지도록 술
을 마시면서

왜전화안받아잘못했어요수신거절풀어주세요난여기서얼
어죽어버릴거야—

이런 추태쯤 부려야 눈이 온 거지 술병 하나 들고 전속력
으로 달려가
눈보라를 잔뜩 이고 술병 속에 제 영혼을 처넣고는 와야,
그쯤은 돼야 폭설인 거지

사랑은 그런 동사들 아닌가
눈 내린 다음 날

우두둑 동사한 새들처럼

딸기

달고 싱싱한 내부를 터질 듯이 여미고
영혼은 붉은 블라우스 입은 채로
너에게로 다가간다
초록 스커트를 살짝 집어 들면
거칠 것 없는 시간들이 흘러나오지
하고 싶은 밀들은 입술을 건너오지 않고
씨앗같이 살에 박혀 있다

옥수수 여자

이빨들이 우두둑 터져 나와
혀끝은 끊겨 토하지도 못하고
한껏 부풀어
붕대처럼 겹겹 압박한 채로
건너왔다
얇게 저문 해 같은 끈들은
어깨를 내리덮던 머리카락
지평선처럼 다문 그 아래
가지런히 누운 털들로
한사코 여자인 너
앙상한 발등엔
한 번도 떠나지 못한 길이 몰려와
저마다 생채기를 내도록
이번 생도 수척하구나
그러나 몸이 움켜쥔 거 외에는
어느 길도 묻지 않겠다
허리가 턱턱 꺾여 나가도
단단히 입을 봉한 너

입속에까지 음모가 돋은

여자 말고 어떤 것도 아니었던

너

묘혈

매혹된다는 것은
돌아보지 않겠다는 것
읽지도 않은 계약서에
사인해 버리는 것

몽상을 따르지 못하는 세속은
육중한 서터에 반쯤 짓이겨 버려라

박지도 않은 못 끝에선
녹물 같은 피가 흐르고
맹렬한 속도로 날아와 부딪치는
전면 유리창 밖의 새

매혹된다는 것은
제 육체를 묘혈로 삼겠다는 것
가보지도 않은 길, 소실점 위에
영혼을 인장처럼 꾸욱, 눌러놓겠다는
것

엽서

그랜드캐니언 일몰의 분홍빛을
꺼내올 수 없었어, 대신
눈먼 새의 칠흑을 품어 왔더랬다
강바닥에 고인 콜로라도 초록을 보려면
이렇게 눈을 감으시라
기념품점 늙은 여성들은 졸며
사우스림 끝을 희게 이어갔고
그 어디쯤 허공에
언젠가 나도 걸터앉으리라
아름다움이 쓸쓸함에 근접할 때
두려워 눈을 맞추지 못했던 거야

트렁크를 열자 검은 새는 휙 날아가고
문밖에서는 사랑이 힐끗!
안 본 듯 나를 눈동자에 찍어 가고

꽃의 축일

자면서 손톱을 물어뜯었는지
손톱 살이 찢어져 피가 굳었다
빨간 한 조각의 띠가 어울리는
아침에, 나는 꽃다발도 없고
욕실에 들어가니
붉은 샤워타월이 헝클어져 있다
양파를 썰어보니
꽃의 중심이 엉뚱한 데서 쪼개진다
찬물에 담근 손톱은 아리고
당신은 눈에 아린다
밤 되려면 한참이나 남았는데
하루가 다 간 것 같다
사방에서 다투어 피는 꽃들
줄 데도 없는데
오늘이, 그날이지 않냐고
자꾸 자꾸 벌어지는 마음
가슴을 할퀸 듯이
붉은 띠가 겹쳐져 애써 굳는다

채석강

하루에 두 번은 어김없이
서해는
물가의 허벅지를 물어뜯고 간다

푸른 멍이 깊으면
드러나는 검은 뼈

해진 무명처럼 누웠다
펄럭이며 돌아오면
거품 같은 이빨도 받아주려
바지춤을 내리는 생이여

너의 대퇴부와 정강이에
나는 울음만으로 시를 새기겠다

겨울, 북문리

가본 적 없는 곳이
제 몸속에는 있어요
마음이 온갖 길을 끌고 와
손금처럼 이어놓은 끝에는
몇 굽이 옹이를 돌아 방죽이 있어요
물의 끝에는
작은 석실을 묻어두고
영혼이 어느 곳에서 비롯되었는지
말하지 않기로 해요
떠난 곳이
돌아오는 자리라서
형체가 지워진 바람이
깨질 듯이 물의 뼈를 밀고 가요
당신은 거기 산다고 했어요
눈 감아야 떠오르는 마을에
몸 없어야 갈 수 있는 몸속에
제게서 자꾸 영혼을 끌어내 씨앗처럼
심어 두어요

누에고치처럼 돌돌 말아 온 길을

제게 다 파묻어 두어요

물의 끝에

작은 석실에

드나드는 여기를 북문이라 했어요

콘택트

영에서 무한까지의 최단거리는 신이라고 하는 프랑스어
자막이 무대 한쪽 영사막 위로 흐른다

도형과 숫자의 캐릭터들이 제각기 퍼포먼스에 열중한다
표정 없는 목소리와 뒤섞이며 신성은 건조하고 기괴하다
인간을 배제한 쓸쓸함은 아름답고 공포스러운 것 기호로만
남는 상처 벌어진 채로 핏기 없는 언어들 무의미를 위하여
의미를 탕진하고 가는 시간들 당신은 신처럼 나를 작도하
였다 운명의 인치를 재다 떠났다

자와 컴퍼스와 빈 책상 서걱거리는 종이 위에
나는 숫자 나는 도형
나는 해제되어 영부터 무한까지 걸쳐져 있다

신이 답이 되는 질문은 진리의 기만 이맛살을 찌푸리며
무대 밖에서

영혼의 모든 답변은 육체이어야만 하지

호접몽

돛대처럼 검은 파도를 몸 아래 둔 듯
아직 꽃술을 놓아주지 않는 접은 날개 속

찌르륵 하늘이 박히고 별들도 운행을 멈춥니다

당신은 어디서 번개를 몰아 내리치는 빗금들과
저는 어디서 터져 와 둥근 눈동자 같은 물방울들로

서로의 추운 꿈을 겹쳐 보고 있는 것입니까

죽음이 황금 그물을 던져
저희에게로 천천히 다가오는 중입니다

그러나 무심할 것입니다 이 무늬 외에는

제2부

사라지는 입술

하늘하늘 한 꽃잎 속에
영혼 하나씩 잠들어 있다
그리워 떨다 내린지 모르고
눈송이들은 꿈결처럼 내린다
손으로 받으면 죄송해하며
가냘픈 몸을 지운다
자면서도 죽으면서도
너에게는 자꾸 미안해한다
이것은 환상 이것은 순간이라며

장미성운

손꼽아 보면, 백일이다
우주의 나이보다는 어리지만
하루가 당당히 꽃송이다
속이 꽉 차서 내놓으면
폭발할지도 몰라
한 다발로 묶어놓은 장미성운
저걸 네게 주고 싶은데
가져갈 방법이 없어
영혼은 꽃시장에 엄청 쌓여 있다
저마다 사랑을 고백하며 아우성친다

페넬로페의 서書

　아침에 눈을 뜨면 이 세계와 나의 돌이킬 수 없는 슬픔으로부터 지구는 다시 나를 끌어당기고
　나는 잊었던 여자의 동작을 기억해낸다
　얼음의 침상에서 푸른 가스레인지 불꽃까지 달그락거리는 사물의 숨소리들 불씨를 뒤적이듯 끊임없이 깜빡이며 불 속에 손을 적시는 순간들 옥양목 같은 하루를 다림질할 때면 지구 반대편에서도 팽팽히 한끝을 당기고 갑옷 같은 일상의 외투를 건네며 먼지바람 속으로 검은 구두를 돌려놓을 때 수십억의 팔들이 일제히 손을 흔든다
　전장으로 지아비를 보내는 페넬로페처럼
　모든 여자들은 하나의 육체
　간밤 얼음의 관처럼 운행하던 잠은 지구의 오랜 영혼 속으로 밀봉되어 거듭거듭 돌아오고 잘 다녀오세요, 현관문을 닫고 돌아서는 저 무수한 흰 몸들은 내가 된다
　기꺼이 사랑은 나의 노동
　사랑은 나의 품삯
　당신과 함께 사는 이 아름다운 이 행성에

당신을 걷다

나는 광맥을 뚫고 나왔어요
천국엔 초록 타일이 깔려 있고
구름은 분홍빛 무른 천사의 엉덩이
신성을 구분하지 않는 돔들의
탄복에 찬 손바닥들이
부드러움을 떠반치고 있어요
부끄러움을 가려주고 있어요
이 아름다움 어쩔한 광맥을 걷다
나는 당신을 통과합니다
허공의 그윽한
눈동자 속을

우리를 에워싸고 있는

우주에 그윽하게 차 있는
암흑 물질을 영혼이라 부를까
그리워만 하는데도
별들이 짤랑거리며 방울처럼 떨고
눈에서 먼 명왕성도
손을 얹어 보면 심장 한 켠
와장창 깨져 돌이킬 수 없는 길을 간
거울 같은 운명도
어두운 브라운관
우리가 함부로 신들을 조종하던 리모컨
제멋대로 펼쳐지던 풍경과
곰팡이 핀 슬리퍼
낡은 피복 같은 시간들이
고백하듯 몰려온다
화가인 연인을 찾아가
오브제로 내주던 발레리의 검정색은
조금 전에 벗어놓은 내 스타킹이지
영상을 찢고 들어가

가랑이를 벌리고 있는

기억들을

광기로 고요한 저 암흑 물질을

싸잡아 영혼이라 부를까

올훼의 연인

그 좁은 침대 위에서 나는 우주를 산책했다 길을 잃지 않
게 너는 단단히 닻을 내려주었고 삐걱이며 나는 달처럼 갔
다 행성들이 빠르게 돌자 탁자와 물컵과 주전자 못에 걸린
흰 수건조차 별처럼 운행을 맞췄고 달콤한 희랍의 과일향
이 몸에 배었다 나는 빠르게 숙성하여 너는 잔 없이도 나를
마시고 공기는 축제를 열듯 취해 신들의 이름을 일일이 호
명할 수 있었다 아아 광활한 우주를 너는 섬세하게 오려 와
알아보기 쉽게 등판에 붙였다 내가 당도하기 몇 생의 전부
터 나를 마중한 비밀한 별의 사인들 내가 점! 이라 하자 너
는 웅! 이라고 했다 이것으로 모든 답변을 마치고 신들은
서둘러 바지를 꿰입고 눌린 머리칼을 펴며 사물의 등 뒤로
사라져갔다 율동을 감추고 네온사인 빛에 스러지는 파리한
별사리, 사랑이여 몇 억 광년 멀리 니의 동편을 두고 와서
나는 점! 점! 야위는 것이다

지구를 끌어안고

당신이 나를 안을 때

당신은 어쩌면 지구를 품에 안은 것입니다

바티칸의 회랑처럼 타원형으로 휘어진 두 팔들

당신이 나를 놓을 때
은총과 재앙은 똑같은 것이어서

중심을 못 박지 않았다면 장미는 어디서 만개하고 운명
은 어디서 한 대칭을 찾아낼까요

낯선 거처에 생애를 부리듯
당신의 두 팔에 안겨서 나는 이행합니다

환멸 속에 적멸로
파멸 속에 불멸로

초록 물컵 위에 앉아

밤의 한 귀퉁이를 헝겊처럼 찢어와
깃털 같은 연미복을 해 입은
거리의 마술사

투명한 행성 같은 유리구슬은
중력을 배반하며
오로지 그의 손끝에서 이형의 우주를 갖는다

구경꾼들이 와~ 하고 웃으면
더욱더 익살스레 공을 던지고
위태위태한 내 심장을 갖고 놀았다

그게 좋았다

공중에 띄웠다, 무릎 아래로 떨궜다
짐짓 힘든 양 끌어올리는 시늉으로
공연을 마치고

초록 물컵 위에

놓아둔 채로

뽀얗게 먼지가 쌓여 가는 내 영혼이

비밀을 숨긴 트럭 같은 사랑이

달의 뒤편

차 없는 거리

속도와 방향을 지우고

꾸역꾸역 쏟아져 나오는 골목들

두리번거리고

섞이고 휩쓸리느라

내가 아닌 당신들이

나를 놀다 가는

군중의 거리

해도 얼굴을 가려 익명의 오후

달의 주인이 뒤편에 문을 열어두고

손님을 받는다

암술과 수술을 섞어

난꿀을 익혀 가는

비행의 길

영혼은 최소한의 커뮤니케이션을 갖지

몸을 떨며 붕붕 소리를 낼 때

하얀 작약 같은 시간들

제일 안쪽 꽃잎까지

다 열어젖혀 주던

지상에 없는 거리에

구름의 방

그는 내가 어떤지를 물었다

코앞에서 자행한 일의 여파가

어디까지 닿았는지

글쎄 나는 생각이 멈추고

귀고리를 빼두고 올 때

머리도 같이 두고 나왔나?

고무장갑 안에 손을 미처 빼놓지 못하고

유리창 틀에 구름이 잔뜩 낀

눈동자도 닦다 말고 그냥 나왔어

세탁조 안에는 벗어놓은 하루와

흐물어진 두 다리가

빙글빙글 돌고 있겠지

글쎄, 내가 주인이 아니어서

입술이 한 겹씩 열리며

구름처럼 하늘이 내려와

늙은 나무의 잎사귀들에

반짝반짝 광택을 되비추며

뭉클뭉클 닿는다

자궁 같고 방광 같고 영원 같은

허공의 내부 장기들

이걸로 대답을 마친다

길 위의 별자리

작고 뭉툭한 발에 몽상의 주인을 싣고 벼랑과 천공을 오
르내리던 찹쌀 강아지야 죄가 깊을 땐 몸을 돌려 숯불을 밟
았던가 발바닥이 빨개 너의 영혼은 길 위에 붙었지 오늘은
어느 황도를 따르려나 사다리꼴 허공의 끝에 섬처럼 타오르
는 점 다섯 개 손가락으로 이어보면 카앙 캉— 내게로 달려
오려나 외로운 잠 속으로 나만 보고 나만 아는 별자리 하나

망년

오빠야는 혼곤한 몸을 환락가에 쉬고 계시나 뿌연 먼지가 음표처럼 떠다니는 땅 밑의 방에서 격정과 피로를 섞으면 몸이 가벼워진다네 누가 흘렸는지 모르는 꽃이라도 줄기를 들어 올리면 그이의 무게를 감당하겠네 뼈들은 삐걱이며 어둠의 살결 헤집어 가고 오늘 밤은 구멍이 숭숭 난 죽음의 얼굴을 볼 것 같이 오빠야는 기억의 직조물이 허공을 꼬옥 붙잡고 있는 것을 뺨을 부비며 아네 속속들이 채워 넣을 매혹 이리도 많아 코인을 넣지 않아도 주인은 시간을 더 연장해 주고 오빠야는 여자를 더듬겠네 주인 모를 꽃향기를 취해 가겠네

행성, 물들다

구름이 채도를 낮춰
은행나무 속으로 들어갈 때
바람은 오랜 선율을 데려와
낯선 이들의 마음을
한 잎에 포갰다

저물녘
불그스레하게 부은 눈두덩 위로
뒤척이는 은행 빛
사선으로 날던 기러기 떼들은
어둠을 끌고 와
속눈썹처럼 가지런히
상한 얼굴 위를 내려 덮고
제각기 남루해진 하루의 노고들은
지금 값없는 위로를 받고 있는 것

누가 먼저 물들어 슬픔을 달래는가

당신과 내가 함께 사는 이 행성에

명왕성

명왕성은 왜 제일 먼 길로 돌아서 갈까

몸이 곧 담벼락인

그의 바깥엔 아무것도 없는데

어떤 고독한 결말을 먼저 알아

불의 외곽에

멀찍이 물러서 있나?

빛을 탐하지 않으며

빛을 오로지 지키는

침묵 깊은 별 하나

이 궤도는 너무나 멀어서

눈빛 잠깐 일별하는데도

우주가 다 타버려

한 달은 너무 급하다

두 달은 되어야 너를 볼 것이지

눈앞에서 휙 사라지지

소란스런

별의 군중 속으로

점, 점, 점 멀어지는 모습

다시 돌아오는 것도

끝, 끝, 끝내러 오는 모습

이별

연인들이 걷는 땅 위에

바퀴에 깔린 비둘기가

붉고 짙은 것으로 뭉쳐 있다

어떤 별은 신나를 끼얹고

전속력으로 추락하고

공중에서 나온 헛바닥이

방언처럼 타오를 때

우리는 새로운 언어를 익혀야 하지

상처를 한눈에 알아보라고

광장의 퍼포먼스는 붉은 물감을 뿌렸다

우리가 모르는 곳에서도

나는 피를 흘리고

파편처럼 튄 심장을 쓸어 담느라

당신도 뱃가죽에 긁힌 찰과상이 많지

누군가의 벼랑에

누군가는 매달려

연인이 사는 아파트 높이만큼

죽음은 아가리를 벌리고

사랑은, 사랑이 중한 일이 아니어서

스스로 꼬리를 태우고 사라지는

살별

구름의 청탁

시인이 아닐 때 폐인, 그러나 당신은 아주 순수한 사람이
라고
아직 세상에 안 나온 좋은 글을 많이 가지고 있어요
텅 빈 허공의 갈피를 무례히 넘기며
부디 좋은 글을 쓰시기를 주술처럼 말할 때
시는 나를 조롱하였고 나는 당장! 신들의 폐차장에 던져져
길을 꿰매어 발바닥에 붙여야만 했다
고귀한 자줏빛 목단 피를 흘리며 하늘을 다시 펼쳐 들어
야 했고
울컥울컥 허방을 메워야 했다

슬픔이 슬은 알 같은 글자들을 게우며 무병을 앓듯
당신을 앓으며
몸을 다 끊고 내려와
강줄기에 드러누운 구름처럼 기꺼이 분절됐다 다시 잇곤
하는
행렬 같은 육체를
영혼이 마모되는 속도를 따라잡으며 나는 쓴다

손바닥같이 얇은 이 한 권의 마지막
페이지를 향하여

배

이 어둠에
가야 할 곳이 있어
더듬거리며 마련한 목선
눈물겹네
산도 들도 아닌 곳에
제 몸을 휘고 뻗치고 내주어야
오를 수 있는
배
삐걱이며 노를 저어 가네
여자가 한 번
남자가 한 번

제3부

새

    풀숲에 떨어져 죽은 새를 본다. 떼를 지어 어디로들 가는 길에 저만 외따로다

    새는 멀리서 보면 한 떼이지만, 가까이 볼수록 고독한 하나.

    죽음을 껴안았다는 것은, 하늘을 혼자 끌고 갔었다는 것이지

    산 너머로 해를 넘기듯, 머리통을 깊게 가슴에 끄을고

    유언도 없다. 당신은

마리아

그녀는 살육을 마치고 내게로 왔다
콧잔등과 뺨에 핏방울이 맺혀서
당당히 땅을 디딘 네 발에는 적벽처럼
붉은 피가 묻었다 악을 쓰며 그렇게
말렸건만 기어이 숨통을 끊고
겨울 벌판처럼 마른 뱃가죽을 놀란
몇 점의 살들로 채웠겠지 바위 밑에
숨겨둔 새끼들에게로 돌아가는 가장 슬픈 길
종탑처럼 삐죽한 젖꼭지에 함부로
불어버린 젖이 나오겠지 여자는
한참을 응시하다 습지의 길로 돌아
나갔다 바람이 일제히 그녀의 죄를
쓸고 갔다

물속의 잠

어둠의 몇 계단 아래에서
훔쳐온 빛을 나누던 날
어느 생에서는 발밑이 꺼지고
누군가는 매몰되고
흙먼지 속에서 끊임없이 발굴되는
지구의 신체
사랑으로는 왜 족하지 않는 거냐
당신을 품던 살과
당신을 안던 뼈를
말없이 내어주었건만
조각보처럼 잇대어 상처를 꿰매었건만
적막에도 왜 피가 스미는지
꺼안은 두 팔의 사이에
떠내려가는 아이들
꿈을 피칠갑 해놓은 야간공습
물결을 치듯 엉덩이를 치며
이제 정신 차리고 일어나 가야지
잠을 깨우지만

나는 물의 아이

어둠의 몇 계단 아래서

아직도 묻혀 있는 전생이

먼지를 쓰고 기다리는

비통한 내세가 있는 거야

지구가 줄줄이 낳고 있는 고통의 유정란들이

꽃의 우화

1일 오후 서울의 한 임대아파트 단지 화단에서
서로 꼭 껴안은 상태로 40대 정신지체 장애인 형제가 숨
진 채 발견됐다.
아파트 13층에서 투신한 이들은
땅바닥에 몸이 닿을 때까지 서로를 안고 놓지 않았다.

모든 바닥은 가슴이어서
생사가 내게 차곡히 쌓인다
엊그제 아파트 난간을 넘어
세간의 한 켠 드러누운 형제
오래전에 가묘로 앉힌 상처에
비로소 피붙이의 얼굴을 하고
유년은 담벼락에 와 눕는다
노끈에 묶인 한 질의
동화책
세상은 주인 없는 이야기를 봉분 밖으로
흘러보내고

봄은 유족처럼 망자를 에워싼다

발자국을 꾹꾹 누르며

먼발치, 꽃씨 터지는 소리

바닥이란 허공의 전부를 껴안은 것이라서

왔다 가는 길이 어디 먼 데 길이 아니야

위로하듯

동생의 손을 잡고

내려가는 13층 아래

몸에 난 잎을 다 잡아 뜯고

울부짖던 한 그루

허공을 때리며 때리며, 그때

꽃들은 지는 것이 아니라 투신하고 있었던 것

저 붉은 떨고 있는

일용직 아버지가
상견례에 입을 옷을
차마 자식이 준 돈은 쓰지 못해서
훔쳐 입었다
평생의 땀방울은
구만구천 원, 굴욕보다 헐값이어서
어깨 굽은
부성, 죄악 같은
그 위에 근엄한 대형마트의 성채가 들어서서
도덕적인 지폐와
반짝이는 크레디트카드들이 일제히
형량을 정한다
찌이—익 찌익, 목숨을 선고한다
저 붉은 떨고 있는
눈물
수컷의 상처를 보면서도
세계는 왜 아직도 파산하지 않는 거냐?

누에

밤을 강보처럼 끌어 와
너는 몇 령째 잠이 깊었나

도마 위에 칼집처럼
내리치는 빗살처럼

가슴에 상처는 주름으로 남아서
발 없이 그대는 만 리를 건너네

산을 갉아 먹었던가?
해를 토해 내었던가?

낮이 비단처럼 펼쳐져
주인 없는 꿈을 짓고 있을 때

고개 돌려 나는 보네. 고독한 주검 하나를
살지 못한 날들을 병풍처럼 뒤에 남기고

검은 새

해발 사천 미터, 정상에서 본 까마귀 한 마리

날개 칠 적마다 석탄가루 떨어진다

무너진 갱도 사방 한쪽을 밀어

수직으로 깎여나간 북벽

인간이 인간에게 합당치 못했던 일들이

제각기 광물성으로 돌아가는 동안

침목 위, 소금결정처럼 내려앉은 만년설

기억은 지표를 따라 이동하고

머리 위, 전혀 다른 시간들이 하늘을 떠받치고 있다

그 어느 막다른 곳으로부터 너는 와서

활강하는가? 비유여

각국에서 던진 탄성과 과자 부스러기

관광사진 속에 너는 무수히 찍혀 나오지만

그 검은 심장은 한 번도 꺼내진 적 없다

자유란 오로지 죽은 육체에만 매장되었다는 듯

날개란 단연코 제가 제바닥을 치고 오른 선언

융프라우 산 정상을 검은 새 한 마리가 제압한다

카악카악 울 때마다, 각혈하는 전망이 있다

전사

새들은 편대를 지어
어디로 가는가

머리 위 태양은 높고
발치에 대지는 평등한데

무슨 꿈이 그리 길어
정신은 탁탁, 육체를 재촉하는 새의 형상인가

속에 품은 불로, 얼굴에 금이 가고
모든 균열은 신성을 드러내느니
묻지 마라, 어디로 가는지

어디서건, 제 머리를 박고
피 흘리며 쓰러지는 곳이
이 시대의 전선인 거야

그토록, 나는 동경하느니

너의 썩은 폐부와

들끓는 욕망의, 너의 심장을

거기, 우리가 수립할 정부의 전초기지를

새들은 편대를 지어

저의 하늘을 끌고 가고

인간은 미래를 결사하여

저의 역사를 창조해 간다

묻지 마라, 네게 휘두른 회초리에

왜, 나의 육체가 피 흘리는 것인지

왜, 너의 심장이 나의 무덤이어야 하는지

목련의 자리

당신이 캄캄하던 시절
베란다 창틀에 매달려
고개를 떨구던 자리에
그게 목련이었다

쇠꼬챙이 같은 손가락에
끝끝내 눈을 달고
이번에는
나를 올려다본다

발을 떼지 못하고
눈물만 훌쩍 건너뛴
어둠의 영지
밀봉된 채 돌아오는 글자들

마른 털을 덮어쓰고서
가르랑거리며
눈 속에 흘낏

흰 불이 번뜩인다

제 속의 것을 꺼내 놓으러
제 속의 극한을 넘어왔다
허공이 온통 진흙덩이
그 자리가 목련이었다

재만

사람이 죽으면 사물 속으로 들어가 손끝에서 달그락거리고 문지방을 삐걱거리며
그날의 습기와 우울을 묻혀 낡고 처연해지는 시간의 부식

계속 죽고 있다는 것은 계속 돌아오는 것이 있었다는 거지

이마에서 자라난 소나무를 베어내고 푸른 무덤을 빠져나와 죽음이 네게로 가는 길을 지웠지 그리고, 우리 안에 너는 있어
햇살을 받을 때 속에서 피어나는 것 끄덕이며 대답하는 것

사는 게 뭐야? 가장 다정한 목소리로 사물들은 부스럭거리고

오빠, 너는 죽음의 귀 하나를 떼어 주었어

죽은 새

그의 무한은
두 날개를 한껏 펼쳤다 접는
그 몇 뼘 거리

천둥과 벼락, 우박과 진눈깨비
오욕칠정 포개어
한 줌의

아침 부산한 길 위에서 나는 본다
하늘이 우르르 몰려가 한 깃털 밑을 파고드는 모습을
떨며 떨며, 거리의 통증을 보듬는 자세를

제4부

용강동

읍성의 북문 밖 좁은 하천이 지나고
천변 끄트머리는 오동이 지키게 했다
매 맞듯이 시퍼런 손바닥을 펼쳐놓고
숟가락 달그락 대접들 깨진 사발들
끝도 모를 길들을 부려놓고
탕약을 달이며 바람의 진맥을 짚었다
들창문을 밀면 울음을 밀고 들어오는
그 여자는 식솔이었던가 귀기였던가
여름 직전 쏟아져 나온다는 꽃송이들
누구도 본 적 없으나
저물어 흑빛으로 딸려 들어가던 어둠은
모두가 내 육친이었지
가락도 허공도 뿌리째 뽑힌
오래전 콘크리트로 싸바른 길 아래 그 집

우두두두 누가 자꾸 실려 오나

겨울의 북문 밖 새어 나오는 이 울음은

내게 자주 겹쳐지는 자줏빛 이 얼굴들은

수성당

좁게 패인 길을 돌아서 가면
푸른 발이 훌쩍 들려 있었다
목을 꺾어 올려다보면
나무로 깎은 꽃송이 하나
챙강챙강 쇳소리를 앉혀 놓고
꽃술 같은 구음이 늙은 당골의
목청에서 올라오고 있었다
누구를 또 건지는 일이라 했다
문밖에서 삐걱 지나는 바람에
몸을 빌려 주마 했던가
아랫배에 땅땅하게 뭉쳐 있다
어디서 풀지 못하고
정처 없이 실려 왔다
적벽 내려와 부안 태인 서공주 지나
내륙으로 메기는 소리
몸속에 늙은 여자가 따라와 받아 준다
흙 묻고 바다 젖은 살
시퍼렇게 울고 뜯고 하다

제풀에 지쳐 쓰러지도록

지문이 다 닳은 손으로

집마다 창마다 넋 없이 내어걸던 낙조

홍제동

양팔을 벌리면 푸석한 담벼락들이

한 줄로 쓰러질 것 같은 좁은 골목

끝에 하얀 단층집

연탄이라도 올리려면 언덕배기

검댕이가 먹처럼 떨어지던 그 꼭대기집

불일암 뜰아래 흰 재로 눕혀

선승 하나 끌어안던 외딴 암자 같은 집

시든 초록 대문을 연다

칠이 벗겨진 잿빛 수피 같은 기둥 속으로

차례로 들어가 하나 둘 셋 넷

발목이 잠겨

떠날 때는 둥그렇게 에워싸는 허공

시간의 융모를 다 펼쳐 놓으면

다시 홍제동 그 집

까치발로 올려다보아도 볼 수 없었다

세 조각의 늙은 꽃받침

평생의 빛을 다 움켜쥐던 여섯 장 꽃잎들

그 속에 내세 같은

단단한 납골함

잠실

희고 단단한 타래 같은

잠실의 기억을 따라가다

옛 집 앞을 지나는 모녀를 보았습니다

골목 안의 여러 때 묻은 살림처럼

여자는 앳되이 낡아 보였고

어린 딸은 양 갈래를 팔랑이고 있었습니다

그중 어느 것이 저의 얼굴인 것인지

모르겠습니다

풍경은 어느 시간에서나 한 오라기 실을 끄집어내

한 장의 천으로 직조하는

명주 옷감

그들은 잠실의 막다른 골목 끝에서

온 힘을 다하여 사랑하고

온 생을 다하여 상처받을 것입니다

얼음보다 더 꽝꽝 얼어, 고통을 결빙시킬 것이며

장작보다 더 오래 타서, 나날을 익힐 것입니다

그리고 보상처럼

언젠가는 잠실의 하늘 위를 날아오를 테지요

그리고 또 어느 휘감은 광휘 중에

이 백제고분로 길을 걸으며

시멘트 봉분 속에 부장된 그들의 머리칼과

그림자 속에 숨어 있던

검은 연씨를 기억할지 모르겠습니다

어느 행인의 앞에서

넋 없이 피어나던 발꿈치 뒤 연꽃들과

그 무늬 그대로 짜 올린

몸을 입고 있는 것인지도 말입니다

저는 어느 때가

본 생인지 몰라

잠실의 한 귀퉁이, 아픈 잠을 떼어두는 것입니다

임당동

짙은 갈색의 벨벳 같은 성당
지붕을 따라 흘러 내려오면 그 바닥쯤
인간의 품 안에 목화밭
늙은 받침마다 헝클어진 머리털

열매가 익으면 정수리부터 짜개진다는 꽃
한 번도 못 봤지만 솜틀집 안의 그 여자
탈탈거리며 구름을 틀어 올리고 있었지

천사들도 내려와 몸을 새로 틀어 입는다는
폐렴에 걸린 너를 업고 눌린 솜털 살려오겠다
넋 없이 건너가던 임당동 성당길

서른도 안 된 어미의 등허리서 뭉게뭉게 목화

돼지머리 집 앞에서 전생을 보다

어쩌면 삼천대천세계 나아갈 적에
펄펄 끓는 물에 몸 삶기 우는 것도
업장 녹일 큰 벌을 받듯
새끼 발길질로 묵직하던 아랫배와
헐릴 듯 물리던 젖꼭지와
핏물 배인 겹겹의 살점들
봉다리 봉다리 들려 보내고
다만 한 미소를 깨우친
돼지머리, 저 불두
지장경 지장경
솥물 끓는 소리를 내며 꿈꿨을 것이다

아이를 업고 안고 걸리고
저잣거리를 지나는
이 아름다운 내세를

수태고지

너를 기다리다

문득 한 소식 받으니

너는 몇 겹 하늘 위 공허를 다 데리고

네게서 소멸된 모든 빛을 다 데리고

죄 받듯 온단다

벌 받듯 온단다

간밤 계면조 비탄조로 서럽게 울던

소름 돋게 지르던 귀성에 실려

세세생생 풀지 못할 원한 보듬고

잊어도 잊히지 않는 노여움 살뜰히

한탄하듯 구름 너울너울

억장 너머 뭉게뭉게

복 지으러 온단다

몸 지으러 온단다

큰 기쁨을 뒤로 하고 큰 슬픔을 앞세워서

그 슬픔에 거한 영원의 이름으로

영원을 품은 찰나의 인연으로

업 지으러 온단다

업 지우러 온단다
아주 오는 것은 아니게
아주 오지 않는 것도 아니게
너를 기다리다
몇 겁을 다해 너를 기다리다
오늘은 돌덩이에 성령이 깃든다

회임

내 속의 가장 빛나는 영토를
가져가시고
물고기 한 마리를 내리소서
대지의 어머니가 기원하자
생살이 찢어지며
빗물이 내리쳐
젖은 채 타오르는 강이 생겼다
태양은 일천 개로 부서지고
눈이 멀 정도로 반짝이는 물비늘
대지의 어머니가
둥글게 몸을 말자
그 딸들도 모두 몸을 궁굴려
줄렁이는 신의 영토.

여기, 물고기가 한 마리 놀고 있다.

경배하라.

몸

모든 것을 순응하여
가장 여리고 약한
몸

세상의 흉사가
스쳐만 가도
동시다발로 아파오는
몸

다정함이 어루만진 영혼은
자궁처럼 부푼다
돌이킬 수 없어
사랑만 행사하는
몸

강릉 칠사당 1866

매화가 잡고 있는 은빛 창살을 나와

내 집에서 동쪽으로 백 걸음

높은 누마루에 정사를 돌보던 뜰에

묵은 은행과 고독한 느티

한때는 사람 형상으로 기이한 열매가 매달렸었지

아름다움은 어디서 병이 깊은지

병인년에 박해가 있었다 한다

인간이 신성한 것을 오해할 때

스물아홉 살 사내가 기꺼이 들어가 앉은

빛 속의 무저갱

여인들은 긴 남대천을 울며 흘러갔다

내 집까지 서쪽으로 백 걸음

동해는 매일 참수한 태양을 띄워 올리고

경포는 종일 남은 몸을 관처럼 담는다

갈바리 의원

홍제동 비탈진 인가의 담장을 따라
애기 오줌같이 흐르던 좁은 도랑물
건너편 둔덕에는 쏟아질 듯 장미넝쿨
가시는 보이지 않았다 오로지 선연한 빨강
초록 철심의 안쪽에는 장미의 핵이
늘었음을 종교처럼 믿었다
꽃으로 친 울타리 너머 본 적 없는 평화
흰 수의를 입고 오르는 빛을 보았다
골목의 옆구리 흐르는 구정물 반짝이며
나의 자매들은 죽음을 누인 푸른 강보를
머리에 두르고 다녔다
눈 속까지 사파이어 같은 하늘이 따라와 박혔다
죽은 이들은 모두 그리로 승천한다고
나는 믿었다 언덕을 오르다 사라진 그 사내도

해바라기

당신은 따스하고 또

나를 키우는 것이어서요

이 빛과 아름다움

당신에게로 향하도록 허락된 이름을

내게 선사했구요

또 나날이 나를

꿈꾸게 합니다

그러므로 내가 이 타는 볕을

총탄처럼 받아내며

지독한 참상으로 섰는 것은

오히려 저의 자랑이구요

걷잡을 수 없는 것이

운명을 이끌도록 버려두는 것은

제게 도달할 곳이 있어서 입니다

보세요, 새카맣게 타들어

익어가는 것들을요

어쩌면 경계를 넘은 자들의 최후처럼

무거운 고개를 떨구고 있지만요

육체가 타 올라, 영혼이 익는 거라면

지금 존재의 뜨거움에 헐떡이는

어떤 사람들도

저와 당신의 관계로부터 무관하지 않겠지요

무심코, 그 익은 씨앗을 따 먹는데도

그들은 당당히

자신의 맛을 보고 있는 것입니다

바깥을 태우지 않고

속으로 익어 갔던 것들을요

그래요, 당신은 격렬하고 또

나를 파탄 낸 것이지만요

이 통증과 이 사랑은

당신에게로 닿았던, 저의 전 육체를

최초의 것으로 돌려놓았습니다

당신은 이렇게 입증되고 있습니다

제가 당신을 품은 그 방식대로요

여기, 두 손 가득, 잘 익은

해바라기 씨가 있습니다.

와온

지는 해 보자고 순천만 갈대밭 달려갔더니
해는 막 지고
내 살 네 살 없이 안고 누운 겨울 뻘밭 보았네
덥게 누웠다 하여 와온이라니
지는 해 받느라 더운 게 아니고
남의 찬 살 보듬느라 따스한 게 온기인가
한 몸을 쪼개어 둘로 떨어진 운주사 와불님네
부처가 꿈꾸는 내세가 있다면 저와 같을 것이라
한 이불 속 누웠다 떠난 인연들
허공에 둥둥 떠 오면 저와 같을 것이라
어느 생에선가 당신을 잃은 줄만 알았는데
당신은 처음부터 여기 있어
만난 바도 떨어진 바도 없다 하니
산다든지 죽는 것도 모두 이 반죽 속이라네
제 몸 떼어 제가 먹는 익반죽 속이라네
나, 살다가 못내 사무치는 게 있으면
불 꺼진 겨울 순천만 찾아가려네
당신은 더웁게 누워 나를 맞이하기 바라겠네

명주동

물 깊은 어둠 속에
눈썹처럼 잠긴 집
창밖에 꽃송이
환해오면
멸치 떼처럼 가두키던
환몽 같은 집
떠나와도 이 깊은 바다
몸에서 떨군 비늘로
섬을 세웠다
몇 생의 몇 갑절로
눈도 못 뜬 치어들이
물 위에
저의 본적을 밝힌다
갇혀 죽고 싶은
성긴 그물망에

무엇을 '영혼'이라 부를까 :
'쓸쓸한 역동성'과 상실의 언어

전해수

(문학평론가)

함태숙 시인의 첫 시집 『새들은 창천에서 죽다』는 오랜 기다림으로 엮인 시집이다. '기다림'이란 말에 '오랜'이란 수식이 덧붙으니 '설렘'보다는 '쓸쓸함'이 더욱 진하게 느껴진다. 쓸쓸함…. '고독'이라는 말로도 충분하게 전달되지 않는 이 단어에는 '영혼'의 질감이 한층 짙고 어둡게 담겨 있는 듯하다.

함태숙의 시에 "영혼"이라는 단어가 자주 등장하는 것도 이처럼 기다림이 체질화된 시인의 염결성에서 비롯한 것이 아

닌가 생각된다. 그의 시편에 과거를 회상하고 뉘우치며 자책
하는 반성적 어조들이 주된 것도 이 '오랜 기다림'과 관련 있
는 것으로 여겨지며, 또한 그의 시편이 '기다림'에 소진된 '영
혼'의 내밀한 '고백'을 경청하고 있는 것이어서 더욱 주목된다.

시간이란

이제 보니 촉각 같은 것

왜 견뎌주지 못했을까

디스코를 출 만큼

청춘에 몰입하지도

블루스를 출 만큼

인생에 연민도 없던 시절

쾌속선 한 척 빠르게 지나 보낸

물과 같으리라 생각했지만

늙는다는 것은

하중을 싣는 곳만 모질어져

긴 쇳소리를 내는 철길

두 철로 사이

만져지지 못해 나의 중심은 비었다

왜 견뎌주지 못했을까

머리 위 조명을 비추기 위해

어쩔 수 없이 암전이었던

그 많은 나이트 나이트 들을

이제 보니 시간이란

오랜 키스 같은 것인데

영혼이 자신의 물질성을 이해할 때까지

조금만 더 천천히 더듬어 달라

전신을 휘감은 블루스처럼

치렁치렁 엉키며

흐느끼며

나의 모든 맛을 그대에게 주고 싶다

영업, 시간이 끝나도

우리가 한 몸으로 빙빙 돌 수 있게

어느 나이트에서건

어느 별자리에서건

　　　　　　　　　 — 「블루스를 추고 싶다」 전문

　시집의 첫 자리에 놓인 위 시는 시인의 회한과 염원이 드러
나 있어서 지난 시간의 그림자와 현재의 감정이 함께 엿보인
다. 함태숙 시인은 주로 과거 회귀적 자세를 띠지만 그것은 지
나간 시간에 대한 그리움이나 갈망을 드러내고자 하는 것이
아니라, 연민의 감정들, 이를테면 회고의 순간을 선택한 자의
과거 시간을 '쓸쓸한 역동성'으로 담아내고 있어 특징적이다.
　'쓸쓸한 역동성'은 "블루스"를 닮았다. "블루스"는 느린 춤곡

이다. 춤춘다는 것은, 특히 나이트클럽에서의 조명 아래에서 추는 열정적인 디스코가 아니라 "흐느끼며" "치렁치렁 (서로) 엉키며" 도는 "블루스"를 춘다는 것은, "오랜 키스"처럼 여운이 진한 순간에 직면해 있음을 대신한다. "자신의 물질성을 이해할 때까지" 그 많은 (과거)시간들을 "암전"시키며 그녀가 선택한 춤은 '견딘다는 것'과 '늙는다는 감정'을 동시에 불러일으키는 '쓸쓸한 역동성', 바로 "블루스"와 만난다. 시인에게는 '함께 늙어간다는 동질감'이 "블루스" 춤곡에 '쓸쓸하게' 요동친다.

때로 시인은 염원을 담아 광활한 "별자리"에 닿고자 하나 이는 요원한 일인 것이다. "우리가 한 몸으로 빙빙 돌 수 있"는 그 한순간은 밤(나이트)과 별(자리)에서나 가능한 일일 뿐이다. "시간이란/ 이제 (되돌아)보니" 서로에게 느끼는 몸의 체온(촉각) 같은 것이었는데, 나는 그것을 왜 알지도 견디지도 못했던 것인지 지난 시간을 원망하며 스스로 뉘우쳐도 보는 것이다.

"촉각"은 블루스를 추기 위해 맞잡은 손에서도, 한편으로는 "키스"에도 실리는 (체온의) 감각이다. 그러나 진정 "만져지지 못해" 우리의 동질감은 허공에 있고, "나"는 텅 빈 "중심"을 갖게 된다. 이러한 깨달음은 "디스코를 출 만큼/ 청춘에 몰입하지도/ 블루스를 출 만큼/ 인생에 연민도 없던 시절"로 더 거슬러 올라가, 이제 비로소 과거의 자신과 온전히 대면하려는 다

짐을 갖게 한다. "블루스를 추고 싶다"는 표현은 그런 나를 받아들여주는 대상과의 소통을 (지금도) 간절히 열망한다는 표현이다. 이른바 "블루스"로 상정되는 천천히 서로의 손을 맞잡고 흐느끼듯 밀고 당기는 정화淨化의 시간을 통해 온전히 몸을 맡겨두고 자신을 연민하며 또한 극복하고자 하는 감정의 (회유)세계로 우리를 이끌어 들인다.

함태숙 시인에게 시는 바로 이러한 "블루스"의 세계와 다르지 않은 것으로 여겨진다. 시인은 스스로 저버린 상실의 순간과 이제 화해하면서 비로소 상실감을 극복하게 되는 원동력으로 "블루스"를 기억해낸다. 이 "블루스"야말로 지나간 시간을 되감는 시인만의 시적 방식(연민)을 탄생시키고 있다. 그것을 '쓸쓸한 역동성'으로 불러도 좋을 것이다.

> 그는 내가 어떤지를 물었다
> 코앞에서 자행한 일의 여파가
> 어디까지 닿았는지
> 글쎄 나는 생각이 멈추고
> 귀고리를 빼두고 올 때
> 머리도 같이 두고 나왔나?
> 고무장갑 안에 손을 미처 빼놓지 못하고
> 유리창 틀에 구름이 잔뜩 낀
> 눈동자도 닦다 말고 그냥 나왔어

세탁조 안에는 벗어놓은 하루와

흐물어진 두 다리가

빙글빙글 돌고 있겠지

글쎄, 내가 주인이 아니어서

입술이 한 겹씩 열리며

구름처럼 하늘이 내려와

늙은 나무의 잎사귀들에

반짝반짝 광택을 되비추며

뭉클뭉클 닿는다

자궁 같고 방광 같고 영원 같은

허공의 내부 장기들

이걸로 대답을 마친다

—「구름의 방」 전문

그런데 상실감의 중심에는 "방"이 있다. 방은 곧 '집'과도 같다. 시인은 '집'에 대한 맹목적인 생각들을 '고백'한다. 그 집은 "고무장갑", "세탁조"가 의미하는 바, "코앞에서 자행한 일의 여파"가 산적한 일상의 세계이다. 일상에 던져진 나에게 "그는 내가 어떤지" 안부를 물어왔고 그러나 나는 여전히 "집"에 대한 생각들로 빼곡하다는 사실을 발견한다. "고무장갑 안에 손을 미처 빼놓지 못하고", "세탁조 안에는 벗어놓은 하루와/ 흐물어진 두 다리가/ (아직도) 빙글빙글 돌고 있"다는 생각을 여전히 벗어나지 못하고 있는 것이다.

 "글쎄, 내가 주인이 아니어서" 나의 안부도 확신이 없다는 불안감이 이내 든다. 시인은 "방"에 자신의 생각을 (꽁꽁) 가두어둔다. "자궁 같고 방광 같고 영원"히 "허공의 내부 장기"로 남을 내 안의 "방"에는 누가 살고 있나. 안부를 묻는다는 것은 그러므로 "내가 주인이 아니어서" 공허한 대답으로 되돌아온다. "글쎄" 나는 생각이 잠시 멈추고, "허공의 내부 장기"의 안부를 다시 점검하는 것으로 이 질문에 대한 "대답"을 대신한다(혹은 포기한다).

 함태숙의 시는 거의 모든 시편들이 쓸쓸하고 아프다. 생활인으로 혹은 주부로 살아왔을 시인의 15년이 그렇게 시 속에 파묻혀 있다. 아니 헤어 나오길 마치 스스로 거부해온 듯이 지난날의 시간들이 외따로 버려져 있다. 그러나 "코앞에서 자행한 일의 여파"를 더듬는 시인의 손길은 아직, 여전히, 예민하고 올올하다.

　시인이 아닐 때 폐인, 그러나 당신은 아주 순수한 사람이라고
　　아직 세상에 안 나온 좋은 글을 많이 가지고 있어요
　　텅 빈 허공의 갈피를 무례히 넘기며
　　부디 좋은 글을 쓰시기를 주술처럼 말할 때
　　시는 나를 조롱하였고 나는 당장! 신들의 폐차장에 던져져

길을 꿰매어 발바닥에 붙여야만 했다

고귀한 자줏빛 목단 피를 흘리며 하늘을 다시 펼쳐 들어야

했고

울컥울컥 허방을 메워야 했다

슬픔이 슬은 알 같은 글자들을 게우며 무병을 앓듯

당신을 앓으며

몸을 다 끊고 내려와

강줄기에 드러누운 구름처럼 기꺼이 분절됐다 다시 잇곤

하는

행렬 같은 육체를

영혼이 마모되는 속도를 따라잡으며 나는 쓴다

손바닥같이 얇은 이 한 권의 마지막

페이지를 향하여

　　　　　　　　　　　　　　－「구름의 청탁」 전문

　확실한 것은 "구름" 속에 혹은 "구름"에게 전권全權을 맡긴 시인의 시적 '자유로움'이 (여전히) 긍정적으로 발산되고 있다는 점이다. "영혼이 마모되는" 것은 오로지 "구름"에 의해 막을 수 있으며 나를 단련시키는 청탁자 역시 "구름"으로 상징된다. "구름의 청탁"이라니! 그것은 "아직 세상에 안 나온 좋은 글"이 있다는 '자신감'으로 활짝 열려, "몸을 다 끊고 내려

와" "구름처럼 기꺼이 분절"된 육체를 과단하게 내놓으리라는 '다짐'으로 이어진다. 이것이 가능한 것은 '영혼'에 의해 분출된 '역동성'이기에, 화자는 언제든 그 "마지막/ 페이지를 향하여" 돌진할 생각을 남겨두고 있는 것이다.

그러므로 "허방"은 '내' 곁에서 떠돌다 곧 떠나게 될 것이다. "슬픔이 슨은 알 같은 글자들을 게우며 무병을 앓"아 저버린 (과거)시간을 겪고 탄생한 그의 시는 이제 "분절됐다 다시" 이어진 "강줄기에 드러누운 구름"의 자유로움으로 인해 "영혼이 마모되는 속도"를 떠안고 미래의 시로 새롭게 태어나게 되리라. 그의 시혼(영혼)은 있음과 없음 혹은 "시인"과 "폐인" 사이를 오가며 "아직 세상에 안 나온" 시를 향해 스스로 몸을 던지고 있다.

(1)
그녀가 내 앞에 왔을 때
나는 이해했다
몸 바깥을 떠돌다 횃대를 찾듯
내려온 내 영혼을

　　　　　　　　　　　　　　　―「진주홍 부르카」 부분

(2)
영혼의 모든 답변은 육체이어야만 하지

—「콘택트」부분

(3)

제 영혼을 처넣고는 와야, 그쯤은 돼야 폭설인 거지

—「폭설의 다음」부분

(4)

영혼을 인장처럼 꾸욱, 눌러놓겠다는

것

—「묘혈」부분

(5)

자꾸 영혼을 끌어내 씨앗처럼

심어 두어요

—「겨울, 북문리」부분

(6)

영혼은 꽃시장에 엄청 쌓여 있다

저마다 사랑을 고백하며 아우성친다

—「장미성운」부분

"영혼"에 대한 시인의 사유는 스펙트럼이 넓다. "영혼"은 시인에게 매우 중요한 시적 가치로 작동한다. 인용 시를 통해 구체적으로 살펴보면, (1) 아랍 여인들이 얼굴과 몸 전체를 가리는 데 사용되는 "부르카"는 "몸 바깥을 떠돌다" 나에게로 다시 스민 '영혼'을 깨닫게 하고 (2) 영혼이 정신의 문제가 아니라 "육체"를 동반하는 일임을 확인하게 하며 (3) 폭설을 만난 후 비로소 (진정한) 영혼의 무게를 알게 됨을 보여주고 (4) 육체의 "묘혈"이 비로소 '영혼'과 연결된 자리임을 깨닫고 (5) "영혼"의 씨와 (몸)의 뿌리내림을 스스로 인정하며 (6) 무수한 영혼의 향기를 (온몸으로) 받아들인다.

함태숙 시인에게 '영혼'은 이처럼 다양한 기술 방식을 통해 시를 잉태하여 시인의 시세계를 한껏 다지고 있다.

우주에 그윽하게 차 있는

암흑 물질을 영혼이라 부를까

그리워만 하는데도

별들이 짤랑거리며 방울처럼 떨고

눈에서 먼 명왕성도

손을 얹어 보면 심장 한 켠

와장창 깨져 돌이킬 수 없는 길을 간

거울 같은 운명도

어두운 브라운관

우리가 함부로 신들을 조종하던 리모컨

제멋대로 펼쳐지던 풍경과

곰팡이 핀 슬리퍼

낡은 피복 같은 시간들이

고백하듯 몰려온다

화가인 연인을 찾아가

오브제로 내주던 발레리의 검정색은

조금 전에 벗어놓은 내 스타킹이지

영상을 찢고 들어가

가랑이를 벌리고 있는

기억들을

광기로 고요한 저 암흑 물질을

싸잡아 영혼이라 부를까

　　　　　　　　　　─「우리를 에워싸고 있는」 전문

　그리하여 마침내 시인의 영혼은 "우주"와 만난다. "우주에 그윽하게 차 있는" 물질을 닮아간다. "그리워만 하는데도" "눈에서 먼 명왕성"을 우리가 사는 이곳 가까이 일상의 세계로 끌어들인다. "심장 한 켠" "함부로" 들락거린 "피복 같은 시간들이" 몰려오는 세상사는 이곳으로 "고백하듯" 다가가는 "영혼"을 품어 안는다. 때로 "화가인 연인을 찾아가" 때로 "발레리의 검정" 스타킹이 되어 때로 "광기로 고요"해지는 "암흑 물질"을 자청하며 끝내 시로써 분출한다. 시인의 '영혼'은 그렇

게 우주의 기운 속으로 시간의 영속으로 마침내는 (우주적)
소멸을 직감한다.

그 좁은 침대 위에서 나는 우주를 산책했다 길을 잃지 않게
너는 단단히 닻을 내려주었고 삐걱이며 나는 달처럼 갔다 행
성들이 빠르게 돌자 탁자와 물컵과 주전자 못에 걸린 흰 수건
조차 별처럼 운행을 맞췄고 달콤한 희랍의 과일향이 몸에 배
었다 나는 빠르게 숙성하여 너는 잔 없이도 나를 마시고 공기
는 축제를 열듯 취해 신들의 이름을 일일이 호명할 수 있었다
아아 광활한 우주를 너는 섬세하게 오려 와 알아보기 쉽게 등
판에 붙였다 내가 당도하기 몇 생의 전부터 나를 마중한 비밀
한 별의 사인들 내가 점! 이라 하자 너는 응! 이라고 했다 이것
으로 모든 답변을 마치고 신들은 서둘러 바지를 꿰입고 눌린
머리칼을 펴며 사물의 등 뒤로 사라져갔다 율동을 감추고 네
온사인 빛에 스러지는 파리한 별자리, 사랑이여 몇 억 광년
멀리 너의 등판을 두고 와서 나는 점! 점! 야위는 것이다

　　　　　　　　　　　　　　　　　ー「올훼의 연인」 전문

사랑의 모든 "별자리"는 "우주"로 사라지게 될 것을 시인은
알고 있으나 절망하지 않고 받아들인다. 사랑의 순간만이 잃
어버린 시간을 불러 모은다. "좁은 침대 위에서" "우주를 산
책"하는 "비밀한 별의 사인"이 오고간다.

그러나 이 "우주"는 결코 사라지지 않고 다시 생명탄생 즉 '영혼'을 잉태하게 될 것이다. "회임"은 시인에게는 '첫' 영혼이나 (등단시임을 상기할 때), 가없는 영혼의 길을 (앞으로의 시 작詩作에도 계속될 것이므로), 인도하게 한다.

    내 속의 가장 빛나는 영토를
    가져가시고
    물고기 한 마리를 내리소서
    대지의 어머니가 기원하자
    생살이 찢어지며
    빗물이 내리쳐
    젖은 채 타오르는 강이 생겼다
    태양은 일천 개로 부서지고
    눈이 멀 정도로 반짝이는 물비늘
    대지의 어머니가
    둥글게 몸을 말자
    그 딸들도 모두 몸을 궁굴려
    출렁이는 신의 영토.

    여기, 물고기가 한 마리 놀고 있다.

    경배하라.

－「회임」 전문

  함태숙 시인의 등단작인 「회임」은 생명 탄생의 순간을 (감격적으로) 포착하고 있다. "물고기 한 마리"로 표상하고 있는 생명은 "신의 영토"로 표현된 '몸'에 의해 품게 된 것이지만 "생살이 찢어지"고 "빗물이 내리쳐"서 "젖은 채 타오르는 강"을 이루어낸다. "물고기"로 표현된 새 생명, 그 '영혼'은 단 한 마디의 말로 그 의미가 집약된다. "경배하라".

  작고 뭉툭한 발에 몽상의 주인을 싣고 벼랑과 천공을 오르내리던 찹쌀 강아지야 죄가 깊을 땐 몸을 돌려 숯불을 밟았던가 발바닥이 빨개 너의 영혼은 길 위에 붙었지 오늘은 어느 황도를 따르려나 사다리꼴 허공의 끝에 섬처럼 타오르는 점 다섯 개 손가락으로 이어보면 카앙 캉— 내게로 달려오려나 외로운 잠 속으로 나만 보고 나만 아는 별자리 하나
－「길 위의 별자리」 전문

  이제 영혼의 길은 우주에 놓여 있음을 알겠다. 그러나 그것은 "나만 보고 나만 아는 별자리 하나"로 '나에게' 온다. 나와 "몽상의 주인을 싣고 벼랑과 천공을 오르내리"는 어린 생명과 연결된 것으로 온다. 시인의 15년 전의 첫 시(「회임」)처럼 그렇게 다시 잉태되어 우리에게로 다가온다.

2002년 『현대시』로 등단한 함태숙 시인이 15년 만에 첫 시집을 묶어 낸다. 시집 원고를 펼쳐 시인의 15년이란 시간의 소용돌이를 천천히 더듬어 보는 일, 그것은 '영혼'으로, '영혼'에 다다르는 쓸쓸한 길, 이어서 때로 쉽게 들어서지 못하는 일이 되기도 했음을 돌아본다.

추측컨대 시인은 이 한 권의 시집으로 (15년 간 쓴) 그녀의 모든 시를 다 품어 안지는 못했을 것이다. 어떤 선택지에서 시집에 온전히 들어오지 못한 그녀의 다른 시들을 이제 생각해 본다. 그리고 아직 태어나지 않은 시인의 시집 이후 시들을 상상한다. 어쩌면 이 시들은 그들을 불러 이어주는 진혼곡처럼 '영혼'을 위무하는 간곡한 시간의 망 안에 걸린 시라는 생각이 문득 든다. 과연, 시인이 맞닥뜨린 시적 순간과 상실의 언어들이, 명주실을 꿰어 한 벌의 옷을 엮듯 기워진 이 '영혼'의 '집'에서 하나같이 15년 '시간'의 영속과 만나는 '영혼'의 잔재를 담고 있어서 그 옷이 어떤 형태이든 광활한 우주의 시간 속으로 유영하며 이내 사라지길 아쉬워하고 있음을 재삼 느끼는 것이다.

시인은 시간을 담담히 이겨내고 그 두려움을 떨쳐내며 오롯이 상실의 시간 속으로 기꺼이 걸어 들어가리라. 그의 시혼(영혼)은 그렇게 새로운 이름 짓기를 거듭할 것이다. ▨

| 함태숙 |
1969년 강원 강릉 출생.
중앙대 심리학과 및 동대학원 임상심리학 전공.
2002년 『현대시』로 등단.

이메일 : kkumkkumi@hanmail.net

새들은 창천에서 죽다 ⓒ 함태숙 2017

초판 인쇄 · 2017년 7월 14일
초판 발행 · 2017년 7월 17일

지은이 · 함태숙
펴낸이 · 이선희
펴낸곳 · 한국문연

서울 서대문구 증가로 31길 39, 202호
출판등록 1988년 3월 3일 제3-188호
대표전화 302-2717 | 팩스 · 6442-6053
디지털 현대시 www.koreapoem.co.kr
이메일 koreapoem@hanmail.net

ISBN 978-89-6104-186-7 03810

값 9,000원

* 잘못된 책은 바꾸어 드립니다.

이 도서의 국립중앙도서관 출판시도서목록(CIP)은 서지정보유통지원시스템 홈페이지(http://seoji.nl.go.kr)
와 국가자료공동목록시스템(http://www.nl.go.kr/kolisnet)에서 이용하실 수 있습니다.
(CIP제어번호: CIP2016014518)